JN184480

天數

本郷大地句集

文學の森

序に代えて

本郷大地（本名水島正一）は大正十三年東京で生まれた。関東大震災の翌年である。大地さんを宿した母アヤは九月一日正午過ぎ、地震による火事の熱風のなか、大勢の人々とともに吾妻橋を渡り上野の救護班に助けられた。もし墨田川に飛び込んでいたら命はなかったかもしれない。また吾妻橋は鉄橋ではあったが、橋板は木製であったため焼け落ちた。まさに九死に一生を得たのである。

着の身着のままで一家は知り合いの銭湯に転がり込んだ。この縁で水島家は銭湯という商売を家業とすることになるのである。大地さんは言う、「銭湯というのは面白いもので、北陸三県が主流なんですよ」と。新潟、富山、石川県出身が多い。加賀の人は大阪に、能登の人は東京に、皆成功した者を頼って出て行くわけで、大地さんの両親も富山県の出身である。そこで一から商売の方法を教えてもらって独立する。暖簾分けである。昔は官業でないところには銀行はなかなかお金を貸さない。そこで親分的な人が金銭の面倒をみて人を育てたのである。親分子分といえばヤクザのようで、世間や二世はいやがっていたが、実際には親分子分の人間関係であった。人情の生きていた時代の懐かしい話である。

話を俳句にもどすと、大地さんは十八歳の頃、台東区鳥越に住んでいた従兄に〝初陣〟という句会を作ったからお前も俳句をやらないかと誘われた。戦時中のこととはいえ誠に勇ましい名前を付けたものである。昭和十二年盧溝橋事件が起き中国との全面戦争、昭和十六年には真珠湾を攻撃してアメリカとの太平洋戦争に突入していった時代だ。従兄は南に羽ばたくという意味で〝南鷲〟。大地さんは水原秋櫻子にあやかって、〝龍鳳子〟の号を作った。大地さんは、「水原秋櫻子と水島龍鳳子、何となく音が似ているでしょう」と言って笑った。そしてどちらが先に「馬醉木」に入選するか、やってみようじゃないかということになった。今は投句すれば最低でも一句は載るが、当時は載らないのが普通で、入選するとお赤飯を炊いて祝った。だがその従兄は間もなく教育召集ということで入隊。すぐに満州国北部に赴きロシアの防備に就き、次いで南方へ移動する途中輸送船がマニラ沖で撃沈され、戦死した。

＊

昭和十八年から昭和二十四年までの句が俳誌「馬酔木」に七十句ほど残されている。それらを見ると若い龍鳳子がいかに俳句に情熱を燃やしていたかが分かる。

例えば、

散紅葉その真中より立てる幹

は秋櫻子を驚かせた。その証拠に昭和二十一年刊行の『現代俳句の理念』（富士書店）にも収録されている。評に「これなどは光琳の絵を研究して、その影響をうけたものではないでせうか。たしかに今までの俳句にはなかつた趣きをもつてをり、極めて簡素化されてゐながら実に美しいのです」と激賞されている。さらに「この研究が完成したなら、さらに美事な句が多く出来るだらうと期待されます」とある。龍鳳子は戦後の新しい時代のまさに期待の新人であった。また「俳句作者たるものは、よく絵画のことを考へ、出来得るかぎり見学するといふ心がけを持ちたいものです」と言っているのが興味深い。自然を見るだけでなく、芸術にかかわるものに出来るだけ触れ、心を豊かにするべきだと言っている。これなどは「ホトトギス」に反旗を掲げ昭和六年に「馬酔木」誌上で「『自然の真』と『文芸上の真』」を発表して、新興俳句運動を興した秋櫻子の考え方がよく出ているように思う。

芽吹きたる林野に置き人去りぬ

になると、秋櫻子が少し落胆の声をあげているのが面白い。
最後の方の、

高きこと今はのぞまじ空に凧
ものの芽や童心すでに蝕まれ

などは、敗戦と困窮。焼け野原となった東京でのバラックの生活は、否応なく龍鳳子に現実を突きつけただろう。「高きこと今はのぞまじ」、或いは「童心すでに蝕まれ」には青年が大人になるための決意のようなものが感じられる。

龍鳳子は十数人の新人会にも選ばれ、積極的に句会運営にも参加。会には慶應の学生服を着た大島民郎や藤田湘子、能村登四郎、殿村菟絲子などその後俳壇で目覚しい活躍をする方々がいた。彼等がまだ一、二句欄の頃である。だが昭和二十四年龍鳳子は戦災で焼失した家業施設再興のため、決然と俳句を断念した。

＊

その後、水島さんは戦後の復興とともに銭湯の事業を成功させ、全国公衆浴場業環境衛生同業組合連合会理事長などを務めた。平成五年、息子に家業を譲り余裕も出来たので森澄雄の主宰する俳誌「杉」に入会。実に四十年を経ての復帰だった。俳号も改め「本郷大地」とした。

その巻頭の二句、

雪 嶺 の 日 闌 け て 淡 し 花 林 檎
水 が 水 渦 が 渦 追 ひ 雪 解 川

は中断を感じさせない秀吟である。この格調の高さは、若い頃「馬酔木」に入会して、水原秋櫻子の下で切磋琢磨したことが大きいだろう。

醍醐寺を出で花冷えの濁世かな

などは、たっぷりとした余情があり、「花冷えの濁世かな」には若い頃にはなかった、齢を経たよろしさがそこはかとなく漂う。

また、

髪を茶にをとこもすなる業平忌

この頃、茶髪が社会問題になっていたが、大地さんはそれを色好みで名を馳せた業平の忌日と取り合わせ、ユーモアを添えて昭和と違う平成の世の時代感覚を見事に捉えた。また、

水澄んで子の意に随ひゐたりけり

も面白い。齢を取ったら子の意見を尊重してそれに随うという句意だが、「水澄んで」という季語が素晴らしい。秋も深まり、空気もいよいよ澄んで物事ははっきりと見え、人生も深みをましているのだ。「随ひゐた

りけり」のなかに大地さんの心の推移がよく出ていて、心憎い。
　また妻を詠んだ句、

　妻使ふ火の美しき大暑かな
　妻寝ねてひとりおのれに後の月
　白桃や頼り頼られ妻とをり
　音のして妻ゐるらしき額の花

などは微笑ましい。大地さんはなかなかの大人《たいじん》で、むかしの親分である。
そういう句はいくらでもあげられるが、

　春筍やようこそ京へお越しやす

などは豊かな遊び心にあふれ、実にめでたいのである。
　大地さんのこれからの加餐を祈って、筆を措く。

平成二十七年八月

森　潮

句集　天鼓／目次

装幀　森　潮
題簽　古屋菊子

句集　天鼓

てんこ

新樹集

昭和十八年〜二十四年　「馬酔木」時代

句評

水原秋櫻子

現代の俳句作者達の中には、絵画に興味を寄せてゐる人が多いので、その研究の中からいろ〳〵新らしいものが芽生えて来るやうです。たとへば最近

散紅葉その真中より立てる幹　水島龍鳳子

といふ句を見ましたが、これなどは光琳の絵を研究して、その影響をうけたものではないでせうか。たしかに今までの俳句にはなかつた趣きをもつてをり、極めて簡素化されてゐながら実に美しいのです。この研究が完成したなら、さらに美事な句が多く出来るだらうと期待されます。とにかく、日本画にも油絵にも多くの流派があり、それ〴〵に好いものを持つてをりますので、そこに深く入り込んで研究すれば、俳句界にい

ろ〳〵な収獲がもたらされるわけです。俳句作者たるものは、よく絵画のことを考へ、出来得るかぎり見学するといふ心がけを持ちたいものです。

（『現代俳句の理念』（富士書店）第七章「俳句と絵画」より）

芽吹きたる林野に置き人去りぬ　水島龍鳳子

広い畑の向ふに、やうやく芽吹きそめた林がある。畑には人がひとり、鍬をもつて耕してゐたが、やがてどこかへ立ち去つてしまつた。あとには夕靄のまとふ林だけがとり残されてゐる――

武蔵野を歩くと、かういふ景にしば〳〵出あふ。葛飾や埼玉あたりとはちがふ武蔵野の特色である。但し「林野に置き」は、いさゝか言ひすぎかとも思ふ。もうすこし自然な言ひ現し方があれば尚ほよろしい。

序でながら、私はこの作者の「散紅葉その真中より立てる幹」といふ句に非常に感心した、その傾向の句が沢山出来たらたいしたものだと考へてゐるのだが、その後作句力にいさゝか衰へを見せてゐるのは惜しい。早く回復させたいものである。

（「馬酔木」昭和二十一年五月号より）

コスモスや戸毎に流れ堰かれあり

篁の裏を冬日のわたるらし

笹鳴や柴扉きしらせ訪ふは誰

春暁の囀りひさし目覚めゐて

ひぐらしの森へ散歩のおのづから
ひぐらしやわが影折れて苔石に

雲焼けてあきつの道の高くなりぬ
一心や臨書に虫を忘るるとき

月の戸をたたかず去りし影法師

いま拭きし廊かがやかに小鳥来ぬ

散紅葉その真中より立てる幹

落葉焚くその奥処にもけぶるあり

雪いまだ月さす木立かぐはしき

籾まくや山影水に来てしづか

水引けば水田にかはづ移り鳴く

やや曇る玻璃戸の外の小春かな

落葉焚のぼるけぶりに日あたれる

雪嶺を見て部屋に入る暗さかな

寒林の人声やがてすぎゆけり

たひばりの走るを見つつ隣まで

芽吹きたる林野に置き人去りぬ

小舟曳き大きく曲る船うらら

花ぐもり林は落葉敷きながら
竈火の梅雨雲染むる山家かな

かはほりの俄かに飛びて日ぐれけり

門涼み月の出いまは遅くなりぬ

星祭る裏戸にひびく瀬ありけり

虫鳴くやなほ夜涼みを重ねをり

百舌鳴くや朝餉すみたるおちつきに

百舌鳴いて杜を追はれし小鳥来ぬ

稲架立ちて潮騒遠くなりにけり

脱穀機大霜来るとひたに踏む

落葉焚く其処のみ霧の流れをり

山の町初荷といふも粗朶ばかり

群山のひとつ見えゐて雪来る

枯木立一途に急ぐ月とわれ

千鳥たち岩を越えくる浪がしら
客とゐてこころは梅にあそびゐる

藤の雨やうやく道の濡れてきぬ

田植唄おなじきことをくりかへす

濃紫陽花人とほるとき雫せる

ぶといぶし掛けし小枝や朝ぐもり

汐汲のすこし泳ぎてあがりけり

夜光虫波にのりきて光りあふ

山川に流されつつぞ人泳ぐ
あきらけく青潮泳ぐ人ともし

百舌鳴いてこだまをつくる巌のあり

上諏訪温泉

落し温泉に小魚なづめる秋日和

蘆を刈るところ最も低きかな

風の中蘆刈のゐる蘆の揺れ

霧らひくる幹また消えてふる落葉

しぐれきて網打ち移る湖の上

鴨下りて氷盤の端沈みたる

窓の野火まつたく消えて人来る

木の芽どき起居さやかに風まとひ

畑打ちにけふの日支ふ楢一樹

うすものかけて仮寝や啄木忌

蕗の葉のそよぎおくれぬ草の中

蠅打つて言のとぎれしあとを待つ
盆の月暇をい行きひとに逢ふ

爽やかややをちへあつまる畝の線

新涼や川の最中の早瀬なす

燈下辞しすぐにまつはる虫の闇

しら飯に麦はなじまず暮の秋

枯蔓を引けば手力残りをり

元日もをみなは明日の米量る

高きこと今はのぞまじ空に凧

寒雀さげすまれつつ親しまれ

ひと来り部屋の寒さのうすれゆく

ものの芽や童心すでに蝕まれ

花林檎

平成五年～十七年　「杉」入会

雪嶺の日闌けて淡し花林檎

水が水渦が渦追ひ雪解川

はらわたに応へて一つ梅雨の雷

一塊の土くれ動きひきがへる

鳥わたる空に流れのあるごとし
うすうすと雲流れをり秋桜

湯豆腐や子が児の親となりてをり

寒柝のしはぶき落し往きにけり

野を焼くや遠ちにも野火のあがりをり

子沢山今はむかしや蓮如の忌

空蟬にすがる念力残りをり

父の忌や朝より雲の峰たちて

もののふの鎌倉古道朴の花

独り居のひとりの音や夜の秋

従兄・茂急逝

秋風や声なき口をすこし開け

妻をりて鮟鱇さばく腕力

石蕗の花月日は先を歩きをり
人の世を遁れゐるごと日向ぼこ

蕗の薹夫婦和合の道祖神

母死す

夏蝶や母は一壺の骨となる

夏萩に風立ちそむる夕べかな

義兄・岩代松次郎失明

見えぬ眼をみひらき何を竹落葉

水の音聞きゐて涼し詩仙堂

とぎれたる言葉待ちゐる秋扇

ここにゐるはずの人亡き温め酒
秋遍路鈴の果てなる風の音

手のとどくところに妻や初明り

蘆の角午後より風の荒びたる

醍醐寺を出で花冷えの濁世かな

母亡くて上野のさくら実となりぬ

髪を茶にをとこもすなる業平忌

竹婦人それのかるさを愛しめり

水澄んで子の意に随ひゐたりけり

汲み上げて井戸水ぬくし一葉忌

冬至の日とどきてゐたる膝頭

豚の仔の乳足りてをり仏生会

子供らの汚れて帰るつばくらめ

一掬の水を力に遍路かな

 花林檎

仏生会鳰の子潜き習ひをり

蟇歩む振りかへることなかりけり

おほわたに鯨潮吹く五月かな

二人居の起居しづかや手毬花

母七回忌

享年のそのままの母さるすべり

つはぶきの黄をつくしをり御取越

北窓を開けば風の通りけり
熟寝《うまい》して清明の朝迎へたる

かたくりの花や尼寺音もなし

送りに出てしばし連れ立つ春の暮

うら表たしかむる紙梅雨じめり

老鶯や坂の馬籠の五平餅

今日あるを余生と思ふ冷奴

砂浜のほてり残れる夜の素足

筒鳥や遍照金剛高野山

萩の風いそぎし汗のすぐ乾く

鵙鳴くや石蔵石塀石の町

誰彼となく一瞥の海鼠桶

小豆飯炊いてをるなり親鸞忌

歳晩や日だまりに来て憩ひゐる

見えねども潮騒きこゆ福寿草

河豚鍋に親しむ齢となりにけり

老いひとり家を守りをり三十三才
すこやかに傘寿越えたり返り花

近江より鳰のこゑする義仲忌

水音の目覚めてをりぬ節分草

梅しづか佇みをれば已また

飯食うて眠くなりたり藤の花

何時よりか子を恃みをり柏餅
北山の杉磨きをりほととぎす

汗しつつ箸つかひをり泥鰌鍋

釣忍着物の母で在しける

いつまでも明るき空や行々子

二人居に風鈴の音加はりぬ

健にして耳遠くをり草の花

色鳥の雀にまじり来てをりぬ

秋蟬の細ごゑつづき暮れなづむ
露の玉もろもろの色蔵しけり

糸瓜忌や思ひのままに地図の旅

音たててしぐれて来る笑ひ仏

先づ降ろす母の遺影や煤払ひ

頭を越ゆる護摩火美し初不動

落葉ふるむかしむかしと語るごと
憂きことは地蔵にあづけ冬ぬくし

 花林檎

鴨のこゑ障子明りに茶を点つる

耳遠き人に聞こえて田螺鳴く

立山のかぶさる小田の田螺かな
あとか先かいづれは独り紫荊

南朝の吉野に拾ふ落し文

肩脱ぎて土用太郎を迎へたり

ふくら雀

平成十八年〜二十年

ふくら雀見てゐるわれも着膨れて

浅草寺裏に来てゐる金魚売

遠雷や右肩下がりに立つ波郷

石田波郷記念館　村上麓人画

冷酒や「卯波」にのこる波郷の座

卯波＝鈴木真砂女の小料理屋

惜しみなく沙羅散る波郷邸の跡

家裏に舟着き場あり行々子

夏つばめ急に降りくる山の雨

大文字映る盃飲み干しぬ

雨の中濡れたる墓を洗ひをり

水うまき越後にをりて新豆腐

蛇穴にわれにも隠れごころあり

谷中全生庵　三遊亭圓朝の墓

鵙鳴くや戒名圓朝無舌居士

夫婦箸使ひ古りたる柚味噌かな

足あとを波の消しゆく秋遍路

紙漉の夜に入り瀬音高まりぬ

旅のごと転居幾たび一葉忌

菊坂にのこる銭湯一葉忌

東京港野鳥公園

大江戸の干潟のこれるかいつむり

忘るるは老いの幸せ竜の玉

足腰の健やかにして老いの春

あつあつの田楽を食べ一の午

勿来関越えてみちのく鳥帰る

百姓のてのひら大き種選

馬齢とて齢貴しさくらかな

賓頭盧の頭撫でをる花ぐもり

武蔵野の逃げ水たどり平林寺

若葉風着物の襟をゆるやかに
いただくや羽黒の坊の筍飯

薫りくる青田の風や蚶満寺

浅間嶺の全容晴るる五月かな

ともどもに歩みきし妻かたつむり

常のごと畳に胡坐釣忍

鼻先に裏富士そびゆ青葉木菟

南座に灯の入りてをり青簾

妻使ふ火の美しき大暑かな

西穂高展望台

老鶯のこゑ冴して槍・穂高

家毎に架かる橋あり門火焚く

すなどりの佃念仏踊かな

かなかなや入日に力残りをり

はらからのみな老いてをり八頭

落鮎や瀬音の高き夜となりし

妻寝ねてひとりおのれに後の月

堅田　三句

秋澄むや句碑の数たつ満月寺

雁のこゑ落しゆく湖平ら

湖の冷え膝にきてをり曼珠沙華

達磨忌や大樹となりし栂立てり

しぐるるや上るる下るの京の町

白河行

みちのくの矢立はじめの冬紅葉

空濠の落葉の上に落葉降る

餡入りの丸餅にして伊予雑煮

松過ぎのおのれにもどる机かな

存へて八十路半ばや日脚伸ぶ

連れ立ちて遅れゐる妻かげろへる

佃煮にいなご・こうなご囀れり

渦潮の鳴門に揚がり桜鯛

山吹や比丘尼門跡中宮寺

法起寺の塔映りをり水草生ふ

鶯のこゑしきりなり法輪寺

吉野山　六句

谷よりの鶯のこゑ吉野建

つばくらや役行者の高足駄

竹林院

早立ちの客送りをりつばくらめ

修験者の法螺貝きこゆ山ざくら

如意輪寺　楠木正行公辞世の扉

拾ひ読む正行辞世鳥雲に

西行の庵に休み春惜しむ

母の日や母が使ひし鯨尺

嵯峨野にて一夜泊りの筍飯

白南風や方丈に見る地獄絵図

和紙の村いま一望の麦の秋

露けしや平仮名ばかり八一の歌

白桃や頼り頼られ妻とをり

浅間山見ゆ駅に立食ひ走り蕎麦

佇みて白秋生家昼の虫

秋草に隠れ棲むごと二人かな

星飛んで信濃の国の闇ふかし

五箇山にこきりこ流れ秋収め

一茶終焉の土蔵

窓一つ秋日明りに荒筵

戸隠神社

奥社への秋日片照る杉並木

黒姫高原

高原の風の中なる秋桜

妙高山に雪のまだこぬ蕎麦の花

水澄みてその名親しき爺ヶ岳

神鶏の長鳴きしをり神の留守

着ぶくれてぶつかり歩く地蔵市

目覚めゐて葱きざむ音聞こえをり
白鳥の白美しきへだたりに

髪を刈る床屋の椅子に年つまる

桐の花

平成二十一年〜二十三年

湯島天満宮

天神のわれも氏子よ梅ひらく

くもりゐて空の眩しき揚雲雀

たんぽぽや法起寺の塔古りゐたる

帯状疱疹を病む

永き日や身の置きどころなく病めり

深々と息を吸ふなり朝ざくら

上野にて　興福寺阿修羅展

東なる余花にまみゆる阿修羅像

遠目して眼を休めをり桐の花

羽抜鶏時なし鬨をあげてをり

辿りつく青葉若葉の羽黒山

夜光虫むかし遠流《をんる》の隠岐の島

門火焚くうしろを人の通りけり

月山に雪の来てゐる新走り

吉野箸杉の香のあり新豆腐

寝そびれて親しみゐたるちちろ虫

鹿鳴くや枕なじまぬ坊泊り

近江　六句

新涼や三井の晩鐘湖わたる

大津絵の瓢箪鯰秋うらら

さざ波の鳰の海なり新松子

高濱虚子句碑

水の秋さざ波立つる湖中句碑

祥瑞寺

一休のゆかりの寺の秋茗荷

石塔寺

蒲生野の色なき風に石の塔

宇治　五句

初秋や布袋太腹萬福寺

黄檗山巡りてをりぬ蓮は実に

平等院

丸窓の阿弥陀を拝す秋澄みて

琴坂の水音早き秋はじめ

秋蟬のこゑ盛りなる恵心院

待宵や猫眠りゐる膝の上

剃りあげし顎なでてをり小鳥来る

うそ寒やおのれおのれのうちにをり

防人の妻恋ひ詠める思草

角川源義旧居

破芭蕉吹かるる幻戯山房居

窓とざす質倉の冷え一葉忌

時雨空支へてゐたる樟大樹

健やかに妻とゐるなり冬桜

忘るるに時かけてをり竜の玉

数へ日を人に遅れて歩きをり

大年の湯船に手足伸ばしをり

二月四日　誕生日

齢一つ加へて春の立ちにけり

池上本門寺　日蓮上人霊跡

終焉の庵を今に冴返る

見はるかす斑鳩三塔鳥帰る

雪吊のまだ解かれざる彼岸寺

子規の机

膝入るる机の穴や囀れり

立て膝の子規の眺めし黄水仙

松の芯老いには老いの志

湯島聖堂

孔孟の教へを今に楷茂る

簾吊り奥に奥ある先斗町

鏡なす内房の海枇杷熟るる

芍薬や老いの二人となりゐたる

荒星の庭に夜干しの梅匂ふ

百日紅水ざぶざぶと顔洗ふ

土用入蕗を辛目に煮つけたる
胡坐居の膝に手を置き夜の秋

金星の明けのこりゐる蓮の花

出入口なくて分け入る蓮見舟

悼　森澄雄先生

大いなる師を亡ひし百日紅

齢かさね見ゆるものあり吾亦紅

露けさや何も書かずに机にゐ

長き夜の座右にありて広辞苑

煮魚のほぐれやすさよ法師蟬

すなどりの潮焼けの顔雁渡し

寿福寺

虚子・愛子の墓向き合へり草の花

二人ゐて音なき部屋の夜寒かな

水引草つまづきやすくなりてをり

橋いくつ渡り深川秋惜しむ

伊吹嶺に雪の来てをり紅葉鮒

戸隠の霧のはぐくむ蕎麦の花

波郷忌の間近き落葉掃きてをり

ふところに胃薬のあり漱石忌

皿小鉢触れあふ音や寒の入

臘梅や日当りをりて風冷ゆる

針持ちて妻の居眠り日脚伸ぶ

昨夜《よべ》の豆転がり出でて春立ちぬ

立春の潮満ちてをり隅田川

仲見世の空あたらしきつばくらめ

桐の花すこし歩きて上衣脱ぐ

雲をぬぐ甲斐の山々かたつむり

新緑や息ととのへて坂のぼる

軒先に裏山立てりほととぎす

滴りや山また山の熊野入り

海へ出て梅雨の濁りの熊野川

万緑の紀の国分かつ熊野川

湯の峰温泉

み熊野の湯垢《ゆごり》離の出で湯ほととぎす

二人居の生姜きききたる冷奴

言ひたきこと互ひに言へる涼しさよ

律を呼ぶ子規のこゑあり鶏頭花

律＝正岡子規の妹

佃島細き路地なり秋刀魚焼く

一つ灯に睦みてふたりちちろ虫

見るとなく家の中見ゆ花木槿

道の辺の草の花摘み月祀る

近江　三句　針江、生水の郷

人と鯉くらす川端《かばた》の水澄める

川端＝湧水をためる洗ひ場

師に逢ひに堅田に来り雁のこゑ

澄雄句碑いまを盛りのしだれ萩

磴百段一歩一歩の御命講

卒寿

平成二十四年〜二十七年

新海苔の香りめでたり寿《いのちなが》

雑炊や戦に堪へしむかしあり

花すみれ母の訛のなつかしき

春筍やようこそ京へお越しやす

師の墓の青葉しぐれに遇ひにけり

健にして甚平爺でをりにけり

初島の近く見えゐる花蜜柑

音のして妻ゐるらしき額の花

端居してもたるる柱ありにけり

松島行　三句

たんぽぽの絮ただよへる多賀城址

松島へ船足かろき卯波かな

瑞巌寺つづく老杉木下闇

雲の峰仰ぎて人の小ささよ

玉虫や旅の眼鏡を拭ひたり

夏負けて目のみいかりのごとくをり

沢庵の歯ぎれよき音今朝の秋

下駄履きて浅草歩くとろろ飯

阿波の町夕べ酢橘の香りをり

ありし日の母の丸髷秋袷

一日を胡坐にしたる達磨の忌

根津神社

胞衣塚に割石積める寒さかな

天心に昼の月あり臘八会

独り居の親しみゐたる三十三才

をみなゐて膝くづさずに鮟鱇鍋

鮨種《ねた》にはしら・えんがは日脚伸ぶ

紙のべて薄墨にじむ良寛忌

聾《みみしひ》の老いの日永となりにけり

青饅や歯の美しき人とをり

入港の太き船笛雛祭

瀬戸内の大き落日鰆船

ひこばえや齢忘れてくらしをり

日高きに夕刊とどく薄暑かな

尺蠖のちんまちんまと尺をとる

空と海一枚となり梅雨に入る

大磯　地福寺

石仏に隠し十字や梅雨じめり

築地

本願寺われも仏弟子額の花

裏富士の襞あらあらと月見草

山霧のまつはりやすき黄萱かな

灯を消して座してをりたる大暑かな

妻脳梗塞にて入院

妻の居ぬ家となりたる暑さかな

リハビリの妻に肩貸す法師蟬

ひぐらしや妻にかしづく杖に艶

妻病みてつくづく夜の長きかな

かなかなや男自炊の目玉焼

赤とんぼいよいよ空の高くなり

池の面にとどきて萩のしづかなり

曼珠沙華影なき夕べきたりけり

百数へをりて寝つけり虫の闇

萩の花どこかに帽子忘れたる

法真寺の一葉忌に朗読あり

目つむりて声たどりゐる一葉忌

CT検査にて癌発見

露けしやまさかの癌と告げられて
おのづから酒を断ちたる夜長かな

臥しをりて窓より見ゆる十三夜

腎臓癌手術

寒灯や白一色の手術室

麻酔覚めこの世の寒さおそひくる

遥かより声して長子寒夜覚む

句友より見舞

寄せ書きの文字の重なり冬ぬくし

寒牡丹寄り添ひ咲いて夫婦めく

軒氷柱濁世なれどもいのち欲し

目覚めゐて声の待たるる寒雀

紅梅咲けど白梅の湯島とぞ

服の膝折りて野点や梅まつり

折鶴を男も習ひ梅まつり

けふのことおぼろ朧やなつかしき

返信を一と日のばしや桃の花

孫・智美　聖路加看護大学卒業

糊かたき白衣白帽青き踏む

鮒鮓や湖のさざ波暮れのこる

泰山木咲き曇天の灯《ともし》とす

初鰹術後の酒をゆるされて

着替へして己にかへり新茶汲む

新じやがやや空に明るさある夕餉

二人居の気楽さにをり風薫る

子供らに秘密の小径蚊喰鳥

拭きあげし畳のすがし素足かな

パリー祭ひとり銀ぶらきめてをり
一斉に幕間の扇うごき出す

一杯の水ひと息に秋あらた

厨窓けふ秋風のよく通る

悼　小林鱒一氏　二句

黄菊白菊顔の小さくなられけり

草の花君面影の人となりぬ

秋海棠人中にゐて淋しき日

秋草やすぐに組み合ふ男の子

吾亦紅母似といはれ母は亡し
坐りゐてこころ遊ばす萩の風

胡坐しておのが温みの秋深し

神の留守大輪の菊咲かせをり

鎌倉光明寺

念仏に潮騒和する十夜寺

かしこくも卒寿のわれや親鸞忌

息白く父子の想ひ異にせり

杖またも忘れやすきや実千両

陸のややくぼみをりたる初硯

二月四日　曾孫「昭仁」誕生　吾と同じ日なり

立春の息吹そのまま呱々の声

みどり児をまはし抱きをり水温む

鳥雲に嬰児の首の定まらず

春眠の頭《かうべ》ひと振りして起きぬ

花大根ときをり背戸に用事あり

重なりて下にゐる亀鳴けるなり

吾、父母の享年九十一歳を迎ふ

九十一存念の桜咲きにけり

句集　天鼓　畢

あとがき

妻がゐて夜長を言へりさう思ふ　森　澄雄

私が再び俳句をこころざす動機になった先生の句です。このよどみなき流れのような調べ、情感は如何ようにして生れたのでしょうか。先生は芭蕉さんに俳句のみならず人生の総てを習ったと仰しゃる。

いま我々グループの句会で芭蕉の紀行文を取り上げ全員で音読し、時代検証をも加味させせながら「おくのほそ道」をはじめに「野ざらし紀行」「笈の小文」へと読み継ぎ現在進行中です。

また、先生は「俳句は贅沢な遊びだよ」とも仰しゃる。更に、「人間はこの広大な宇宙の中の一点。人間の生もまた、永遠に流れて止まぬ時間の一点に過ぎない。句はその大きな時空の今の一瞬に永遠を言いとめる大きな遊びである。我を捨てる遊びである」と説かれる。

願わくは、余生の豊かさを求めて俳句という贅沢な遊びに徹してみたいと思っている。

本句集の刊行にあたり、森潮主宰による装幀及び慈愛に満ちた序文をいただき衷心より感謝申し上げます。なお、題簽は謡曲「天鼓」にあやかって頂戴致しました。

また、「文學の森」の皆様の出版の労に感謝致します。

平成二十七年八月吉日

本郷大地

著者略歴

本郷大地（ほんごう・だいち）　本名　水島正一

大正13年２月４日　東京生れ
昭和18年10月　「馬酔木」入会、水原秋櫻子に師事
　　　　　　　水島龍鳳子の俳号にて投句
昭和24年５月　戦災にて焼失せる家業施設再興の為俳句を断念、
　　　　　　　以後、家業に専心す

昭和62年５月　全国公衆浴場業環境衛生同業組合連合会理事長
平成元年２月17日　昭和天皇陛下崩御され、殯宮施行に宮中へ参上
平成２年７月　（社）全国環境衛生同業組合中央会副理事長
平成５年６月　東京都環境衛生同業組合連合会会長

平成５年５月　「杉」入会、森澄雄に師事
　　　　　　　本郷大地の俳号にて投句
平成21年10月　「杉」同人
平成22年８月18日　恩師森澄雄逝去、以後「杉」主宰森潮に師事

昭和63年11月３日　藍綬褒章受章
平成７年４月29日　勲四等瑞宝章受章

現住所　〒113-0033　東京都文京区本郷3-17-12-701

句集

天鼓《てんこ》

発　行　平成二十七年十一月八日
著　者　本郷大地
発行者　大山基利
発行所　株式会社　文學の森
〒一六九-〇〇七五
東京都新宿区高田馬場二-一-二　田島ビル八階
tel 03-5292-9188　fax 03-5292-9199
e-mail mori@bungak.com
ホームページ　http://www.bungak.com
印刷・製本　小松義彦

©Hongo Daichi 2015, Printed in Japan

ISBN978-4-86438-437-7　C0092

落丁・乱丁本はお取替えいたします。